D

1. LORD FAURESTON

SCÉNARIO
ALAIN AYROLES

DESSIN
BRUNO MAÏORANA

COULEUR
THIERRY LEPRÉVOST

DELCOURT

Des mêmes auteurs, chez le même éditeur :
• Garulfo (six volumes et édition intégrale)

Du même scénariste, chez le même éditeur :
• 7 missionnaires - dessin de Critone
• De cape et de crocs (huit volumes) - dessin de Masbou

Dépôt légal : janvier 2009. I.S.B.N. : 978-2-7560-0412-9
Première édition

Conception graphique : Trait pour Trait

Achevé d'imprimer en décembre 2008
sur les presses de l'imprimerie Lesaffre, à Tournai, Belgique

www.editions-delcourt.fr

1

CAPITAINE RICHARD DRAKE !
BONTÉ DIVINE !
DICK !
DICK DRAKE !
COMMENT ALLEZ-VOUS, VIEUX CAMARADE ?
SAVEZ-VOUS QUE TOUT LONDRES VOUS CROIT MORT ?
LA NOUVELLE RISQUE D'EN CHAGRINER PLUS D'UN, MONTY...
IL FAUT POURTANT SE RENDRE À L'ÉVIDENCE :
JE SUIS VIVANT.
2

RICHARD?
RICHARD, PERMETTEZ-MOI DE VOUS PRÉSENTER LORD BALMORDAN, VICOMTE DE HURST.
MISTER DRAKE !... EN MISSION D'EXPLORATION, JE PRÉSUME.
ALLONS-NOUS VOIR LES RITES DE LA BONNE SOCIÉTÉ DÉPEINTS DANS L'UNE DE VOS PUBLICATIONS ?
L'OUVRAGE TOMBERAIT SOUS LE COUP DE LA CENSURE, MY LORD.
LES MOEURS DE CETTE TRIBU SONT PAR TROP FÉROCES.
EN EFFET. LA RUMEUR Y FAIT DE GRANDS CARNAGES.
MAIS LA PRINCIPALE CAUSE DE DÉCÈS RESTE L'ENNUI.
À CE PROPOS, J'APERÇOIS LADY BALMORDAN AUX PRISES AVEC UN ARCHEVÊQUE.
SI VOUS VOULEZ BIEN M'EXCUSER, GENTLEMEN, IL EST DE MON DEVOIR DE LUI PORTER ASSISTANCE.
UNE CARRIÈRE BRILLANTE... UN BEAU MARIAGE... LORD BALMORDAN EST UN MODÈLE DE RÉUSSITE.
SON AMBITION LUI A VALU UNE ASCENSION FULGURANTE...
SUR UNE ÉCHELLE BRANLANTE.
LES PREMIERS BARREAUX EN SERAIENT, DIT-ON, FORT VERMOULUS.
L'HONORABLE DINSDALE RADCLIFFE !
TIENS ! RICHARD. LES SAUVAGES ONT DONC EU LE BON GOÛT DE NE PAS VOUS MANGER ?
QUE VOUS ARRIVE-T-IL, DINSDALE ?
VOUS SEMBLEZ HORS DE VOUS !
ON VIENT DE ME SOUFFLER LADY COVINGTON SOUS LE NEZ.
À QUI DOIT-ON CET EXPLOIT ?
AU MARI ?
LORD COVINGTON EST BIEN TROP OCCUPÉ À PARLER WHIST AVEC LES RIGBY.
NON.
LE RIVAL...
LE VOICI :
3

CE DANDY ?
IL EST À GIFLER.
MON DIEU !
ENCORE UN DE CES GANDINS EFFÉMINÉS QUI PRÉCIPITENT UN PEU PLUS CHAQUE JOUR L'EMPIRE DANS SA DÉCADENCE !...
UN PUR PRODUIT DES CLUBS DE MAYFAIR.
« TANDIS QUE LE LION CHASSE, LA HYÈNE GEINT. »
UN AUTRE DE VOS PROVERBES MASSAÏ ?
KIKOUYOU.
JE VOUS AI CONNU PLUS COMBATIF, DINSDALE ! AGISSEZ. VITE. OU À DÉFAUT DE LA PROIE, VOUS DEVREZ VOUS CONTENTER DES RELIEFS.
MISTER DRAKE ?
JE SUIS ENTIÈREMENT DE VOTRE AVIS !
MH ?
AU SUJET DE LA LIGNE DE PARTAGE DES EAUX !
OH !
LE RAPPORT DE L'EXPÉDITION STANFORD N'EST QU'UN TISSU D'APPROXIMATIONS !
LAISSONS CELA, VOULEZ-VOUS.
JE METTRAI BIENTÔT UN TERME DÉFINITIF À CETTE ABSURDE CONTROVERSE.
VOUS COMPTEZ RETOURNER LÀ-BAS ?
IL ME FAUDRA AUPARAVANT REPRENDRE QUELQUES FORCES... J'APERÇOIS D'AILLEURS UN BUFFET QUI...
BETTY !
BETTY, IL FAUT ABSOLUMENT QUE...
VEUILLEZ M'EXCUSER. JE NE VOULAIS PAS VOUS INTERROMPRE.
QUI SE PLAINDRAIT D'UNE SI CHARMANTE INTERRUPTION ?
MISS CATHERINE LACOMBE...
JE SUIS LA COUSINE DE MISS BILLINGTON.
MISS... « BILLINGTON » ?
C'EST MOI.
CATHERINE, JE TE PRÉSENTE MISTER DRAKE... TU SAIS, L'EXPLORATEUR !
AH.
PUIS-JE VOUS POSER UNE QUESTION, MISTER DRAKE ?
MAIS JE VOUS EN PRIE !
COMBIEN D'HOMMES AVEZ-VOUS TUÉS ?
4

VOUS AVEZ DE BIEN SINGULIÈRES PRÉOCCUPATIONS, MISS LACOMBE !
ET VOUS, DES MÉTHODES BIEN EXPÉDITIVES !... QU'EST-IL ADVENU DE CE PAUVRE CHAMELIER QUI...
SAVEZ-VOUS CE QUI EST LE PLUS ÉTONNANT DANS CETTE RUMEUR ?
C'EST QUE CEUX QUI LA COLPORTENT FASSENT MONTRE D'UNE TELLE SOLLICITUDE ENVERS UN DE CES "MORICAUDS" QU'ILS MÉPRISENT TANT.
VOUS-MÊME RESTEZ TRÈS ÉVASIF SUR CETTE AFFAIRE.
VOUS AURIEZ LU « LA VALLÉE DES TÉNÈBRES" ?
C'EST MOI QUI LUI AVAIS PRÊTÉ !
OUI. J'AI PARCOURU VOTRE... LIVRE. MAIS CERTAINS PASSAGES M'ONT CONDUITE À LE REFERMER.
DES PASSAGES ENNUYEUX ?
LICENCIEUX.
J'AI DÛ ME BATTRE PIED À PIED, SACHEZ-LE, POUR SAUVER CES PAGES "LICENCIEUSES" DES VERTUEUX CISEAUX DE NOS BONS MORALISTES ! ELLES DÉCRIVENT DES RÉALITÉS DONT IL CONVIENT DE RENDRE COMPTE.
C'EST CE QUE JE FAIS. SANS FARD. SANS CONCESSION.
AVEC RIGUEUR.
CE QUE VOUS APPELEZ RIGUEUR, JE LE NOMME COMPLAISANCE.
COMPLAISANCE !?
APPRENEZ, PETITE DEMOISELLE, QUE SI L'ON PEUT M'IMPUTER UNE ENTORSE À CHACUN DES DIX COMMANDEMENTS...
ON NE SAURAIT EN AUCUN CAS ME TAXER DE COMPLAISANCE !
5

ATTENDEZ !
MISS LACOMBE !
VEUILLEZ PARDONNER MA RUDESSE !
ON CONTRACTE DANS LA BROUSSE DE MÉCHANTES MANIÈRES...
MILADY...
M'ACCORDEREZ-VOUS CETTE VALSE ?
C'EST TRÈS AIMABLE À VOUS, MAIS...
NOUS ÉTIONS EN PLEINE CONVERSATION.
JE ME PERMETS D'INSISTER.
VOUS NE M'EN VOUDREZ PAS, MISTER DRAKE ?
TIENS ! RICHARD...
AURIEZ-VOUS UN PROVERBE MASSAÏ —OU KIKOUYOU— DE CIRCONSTANCE ?
UN PROVERBE IRLANDAIS.
ET QUE DIT-IL ?
"VICTOIRE S'ARROSE, DÉFAITE SE NOIE EN TOUTE OCCASION...
...BOIS !"
6

7

HA! VOUS ME FAITES RIRE AVEC VOTRE SOUDAN!
À SÉBASTOPOL, CROYEZ-MOI, LE TSAR ALIGNAIT AUTRE CHOSE QU'UNE POIGNÉE DE NÈGRES FAMÉLIQUES ÉQUIPÉS DE TROMBLONS!
JE SERAIS CURIEUX DE CONNAîTRE L'AVIS D'UN SPÉCIALISTE DE LA RÉGION.
QU'EN PENSEZ-VOUS, CAPITAINE DRAKE?
8

ALORS ?
VOTRE ENTREVUE AVEC LE GÉNÉRAL S'EST-ELLE AVÉRÉE FRUCTUEUSE ?
LE MANQUE DE DISCERNEMENT DE CETTE VIEILLE BADERNE S'ÉTEND JUSQU'AU CHOIX DE SON PERSONNEL.
QU'EST-CE À DIRE ?
LÀ-BAS, DANS LE PARC...
UN DES EXTRAS EST EN TRAIN DE FILER AVEC L'ARGENTERIE.
SEIGNEUR DIEU ! LA CANAILLE EST PARTOUT !
J'ALERTE LE MAJORDOME !
LAISSEZ.
UN PEU D'EXERCICE ME FERA LE PLUS GRAND BIEN.
9

RRRH...
GHH...
NE ME FRAPPEZ PAS !...
S'IL VOUS PLAIT.
TOI ! BOUGE PAS !
MISS LACOMBE ?
MISS LACOMBE ! RÉPONDEZ-MOI !
VOUS ...
VOUS NE M'EN VOUDREZ PAS, MISTER DRAKE ?
10

CATHERINE!
POUR L'AMOUR DU CIEL! OÙ AVIEZ-VOUS DISPARU?
JE ME PROMENAIS DANS LE PARC... EN COMPAGNIE DE LORD FAURESTON... UN DOMESTIQUE A SURGI ET...
...ET IL S'EST JETÉ SUR LORD FAURESTON!
DANS LE PARC? SEULE! AVEC UN HOMME!
QUI EST CE "FAURESTON"?
SON CAVALIER DE TOUT À L'HEURE... LE NEVEU DE LADY CAVERSHAM. CHARMANT GARÇON. TRÈS VIEILLE FAMILLE.
BIEN.
L'ÉMOTION FUT SI VIVE QUE CATHERINE PERDIT CONNAISSANCE!
LE FORCENÉ S'EN EST-IL PRIS À MA FILLE?
MISTER DRAKE NE LUI EN A PAS LAISSÉ LE TEMPS!
SOYEZ SANS CRAINTE, LADY LACOMBE...
...LE FAUX EXTRA EST SOUS BONNE GARDE.
ET LE JEUNE LORD, QU'EST-IL DEVENU?
DISPARU! MAIS NOUS EN SAURONS BIENTÔT DAVANTAGE! SON AGRESSEUR ATTEND D'ÊTRE INTERROGÉ.
PARFAIT! EN CE QUI NOUS CONCERNE, L'INCIDENT EST CLOS.
COMMENT VOUS SENTEZ-VOUS?
LEVEZ-VOUS, MA FILLE. NOUS RENTRONS.
CETTE MÉSAVENTURE VOUS APPRENDRA PEUT-ÊTRE LE RESPECT DES CONVENANCES.
11

«L'ÂGE D'OR S'EST ENFUI, QUE RESTE-T-IL DES TRÉSORS DE JADIS ?»
LE POÈTE A RAISON : AUJOURD'HUI, LE RÉSEAU FERRÉ DESSERT TOUT LE TERRITOIRE ; LE MARCHÉ S'EST ASSAGI.
ALORS OUI, M'OBJECTEREZ-VOUS, IL Y A LES INDES, OÙ TOUT RESTE À FAIRE. MAIS LE CLIMAT, LE RELIEF, LA PARESSE DES INDIGÈNES FONT FLAMBER LES COÛTS. LES DIVIDENDES S'EN RESSENTENT. NON, CROYEZ-MOI...
...LE RAIL, C'EST FINI.
SIR JOHN... J'AURAIS À COEUR DE M'ENQUÉRIR DE L'ÉVOLUTION DE L'ÉTAT DE SANTÉ DE MISS LACOMBE...
SERIEZ-VOUS AUSSI MÉDECIN ?
LA CALÈCHE NOUS ATTEND, MON AMI.
ME VOICI, TRÈS CHÈRE.
PASSEZ DONC DANS LA SEMAINE, DISONS... JEUDI.
VOUS EN PROFITEREZ POUR ME RACONTER VOS CHASSES D'AFRIQUE...
...J'ADORE LES RÉCITS DE CHASSE AUX FAUVES !
12

BIEN.
RÉCAPITULONS, MISTER JONES.
VOUS SUIVEZ LORD FAURESTON DEPUIS SON DOMICILE...
VOUS ARRIVEZ ICI. UN DES EXTRAS MANQUANT À L'APPEL, ON VOUS INVITE À PRENDRE SA PLACE.
DURANT LA SOIRÉE, VOUS APERCEVEZ FAURESTON QUI ENTRAÎNE MISS LACOMBE VERS LE PARC. VOUS LEUR EMBOÎTEZ LE PAS...
VOUS LES SURPRENEZ DANS LA ROSERAIE. IL LUI TIENT LA MAIN...
SI JE N'ÉTAIS PAS INTERVENU, IL AURAIT FAIT BIEN PIRE.
JE N'EN DOUTE PAS UNE SEULE SECONDE !
DONC, VOUS MENACEZ FAURESTON; MISS LACOMBE S'ÉVANOUIT. QUANT À NOTRE DANDY...
RAPPELEZ-MOI SA RÉACTION...
IL GRIMPE DANS UN ARBRE.
IL GRIMPE DANS UN ARBRE !...
VOUS EN RESTEZ QUELQUE PEU DÉCONTENANCÉ - ON LE SERAIT À MOINS - ET C'EST LÀ QUE JE VOUS DÉCOUVRE, BRANDISSANT ENCORE VOS ARMES...
MES ARMES ?
ET ÇA ? C'EST QUOI, ÇA ?
UN MARTEAU ET UN PIEU ?
13

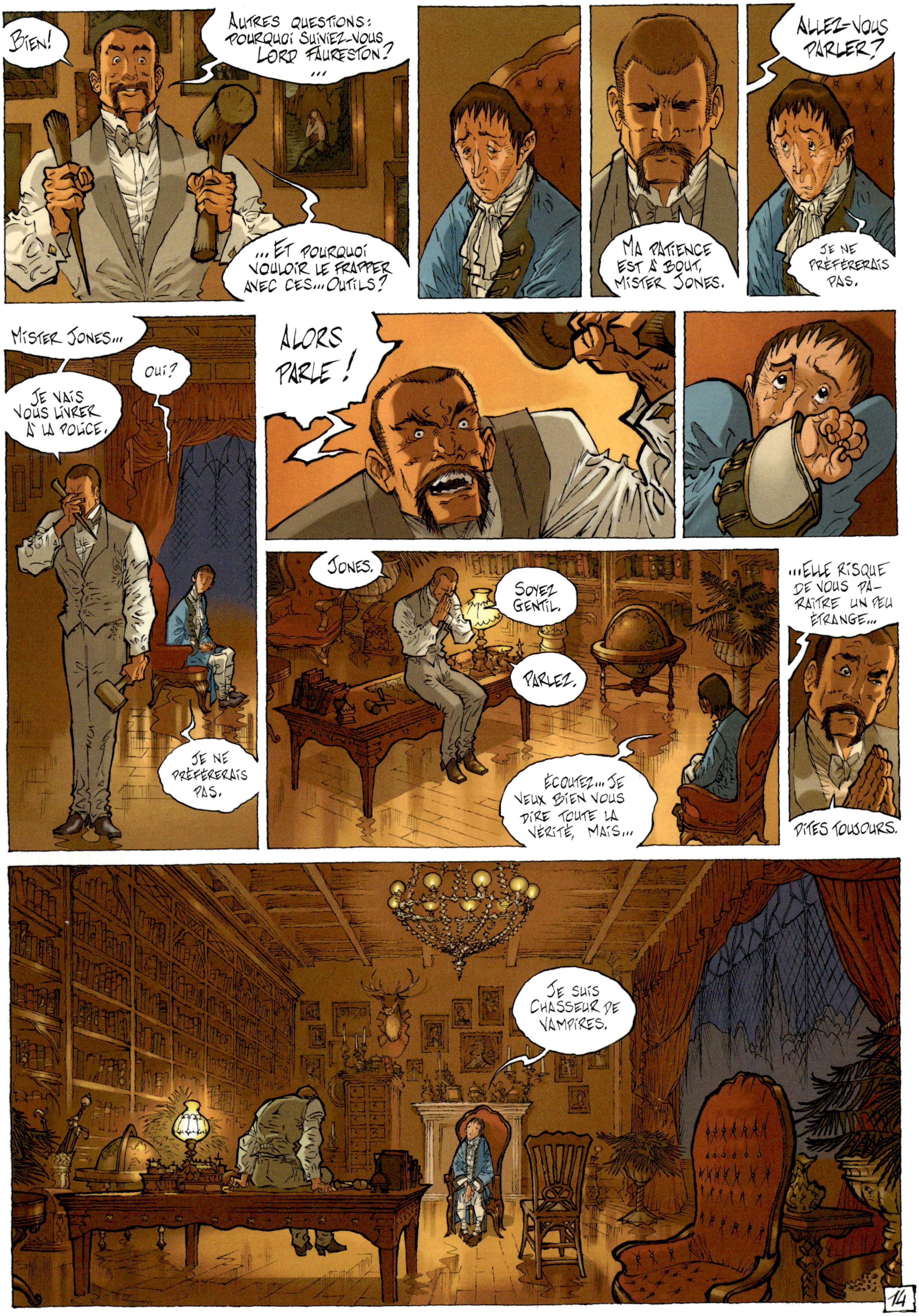

BIEN!
AUTRES QUESTIONS : POURQUOI SUIVIEZ-VOUS LORD FAURESTON? ...
... ET POURQUOI VOULOIR LE FRAPPER AVEC CES... OUTILS?
MA PATIENCE EST À BOUT, MISTER JONES.
ALLEZ-VOUS PARLER?
JE NE PRÉFÉRERAIS PAS.
MISTER JONES...
JE VAIS VOUS LIVRER À LA POLICE.
OUI?
JE NE PRÉFÉRERAIS PAS.
ALORS PARLE !
JONES.
SOYEZ GENTIL.
PARLEZ.
ÉCOUTEZ... JE VEUX BIEN VOUS DIRE TOUTE LA VÉRITÉ, MAIS...
...ELLE RISQUE DE VOUS PARAITRE UN PEU ÉTRANGE...
DITES TOUJOURS.
JE SUIS CHASSEUR DE VAMPIRES.
14

HA! HA! HA! HA!
HÉ! HÉ! HÉ! ET...
VOUS... VOUS EN AVEZ CHASSÉ BEAUCOUP?
UN.
... EN COMPTANT CELUI-CI.
FAURESTON SERAIT DONC UN SPECTRE!
IL ARBORE, JE VOUS LE CONCÈDE, UN PETIT AIR DE DÉTERRÉ!... MAIS OÙ SONT SES CHAÎNES ET SON SUAIRE?
UN VAMPIRE. LES VAMPIRES NE PORTENT NI CHAÎNES NI SUAIRE.
JE VOIS...
MISTER JONES, VOTRE PLACE N'EST PAS EN PRISON, MAIS DANS UN ASILE D'ALIÉNÉS.
JE NE PRÉF...
SLAM!
VOICI DONC LE COQUIN QUI S'EST INTRODUIT DANS MA MAISONNÉE!
C'EST LA CORDE QUI VOUS ATTEND, MON AMI!
MISTER JONES N'A MOLESTÉ PERSONNE, MON GÉNÉRAL, NI DÉROBÉ QUOI QUE CE SOIT. IL EST JUSTE UN PEU...
...DÉRANGÉ.
IL N'A PAS L'AIR BIEN DANGEREUX!
UN SERMON BIEN SENTI DEVRAIT FAIRE L'AFFAIRE, MY LORD.
ET LORD FAURESTON... AVEZ-VOUS DE SES NOUVELLES?
INUTILE DE S'ALARMER: C'EST UN GARÇON DISTINGUÉ, MAIS FORT EXCENTRIQUE...
...IL EST COUTUMIER DE CE GENRE DE DISPARITIONS.
15

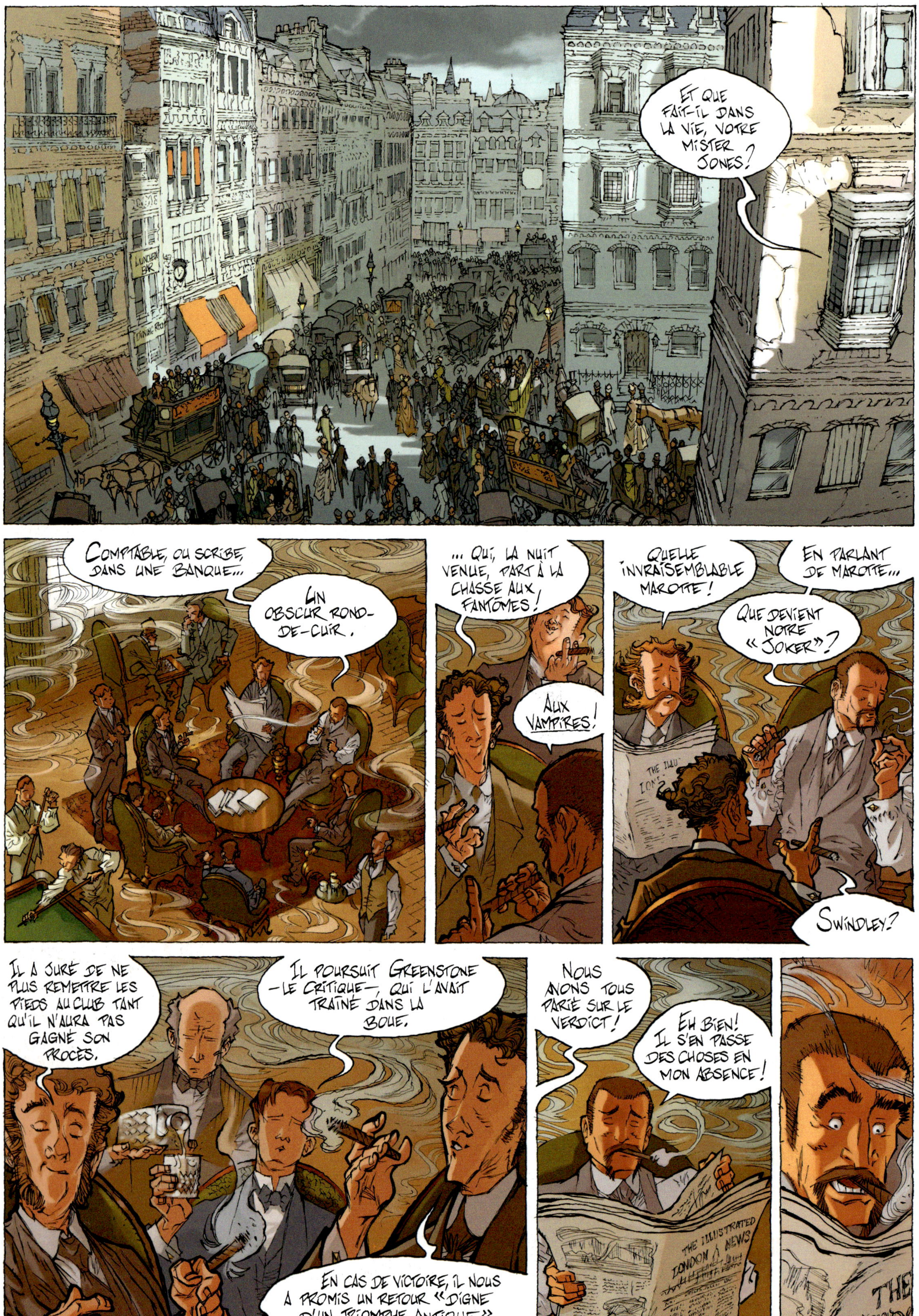
ET QUE FAIT-IL DANS LA VIE, VOTRE MISTER JONES?
COMPTABLE, OU SCRIBE, DANS UNE BANQUE...
UN OBSCUR ROND-DE-CUIR.
... QUI, LA NUIT VENUE, PART À LA CHASSE AUX FANTÔMES!
AUX VAMPIRES!
QUELLE INVRAISEMBLABLE MAROTTE!
EN PARLANT DE MAROTTE...
QUE DEVIENT NOTRE « JOKER »?
SWINDLEY?
IL A JURÉ DE NE PLUS REMETTRE LES PIEDS AU CLUB TANT QU'IL N'AURA PAS GAGNÉ SON PROCÈS.
IL POURSUIT GREENSTONE -LE CRITIQUE-, QUI L'AVAIT TRAÎNÉ DANS LA BOUE.
EN CAS DE VICTOIRE, IL NOUS A PROMIS UN RETOUR « DIGNE D'UN TRIOMPHE ANTIQUE ».
NOUS AVONS TOUS PARIÉ SUR LE VERDICT!
EH BIEN! IL S'EN PASSE DES CHOSES EN MON ABSENCE!
THE ILLUSTRATED LONDON NEWS
16

LE FILS DE PUTE!
LE SALE BÂTARD DE FILS DE PUTE!
VOTRE LANGAGE FLEURI NOUS AURA TERRIBLEMENT MANQUÉ, RICHARD.
CETTE CRAPULE DE STANFORD EST EN TRAIN DE METTRE SUR PIED UNE NOUVELLE EXPÉDITION...
...ENTIÈREMENT FINANCÉE PAR L'ARMÉE!
LES INGRATS!
JE VOUS L'AI DIT CENT FOIS, DICK : TOURNEZ-VOUS VERS DES INVESTISSEURS PRIVÉS!
JE PEUX VOUS METTRE EN RELATION AVEC LES BONNES PERSONNES...
TENEZ! PAS PLUS TARD QU'HIER, JE DÉJEUNAIS AVEC CYRIL PAXTON, LE FONDÉ DE POUVOIR DE CAULARD -LE MAGNAT DE L'ACIER... IL ME PARLAIT JUSTEMENT DE CAPITAUX QU'IL SOUHAITERAIT...
NA-NA-NA-NAN! FINI LE CIRAGE DE BOTTES!
J'AI EU MON COMPTE DE COURBATURES AVEC LE GÉNÉRAL! DES HEURES DE RODOMONTADES SÉNILES! UNE CONVERSATION À ASSOMMER UN SOURD!
TOUT ÇA POUR QUOI?
POUR ÇA!
JE N'AURAIS JAMAIS DÛ METTRE LES PIEDS DANS SON MANOIR LUGUBRE!
NE DITES PAS CELA, MON CHER! VOUS NOUS EN AVEZ RAPPORTÉ UNE ANECDOTE PROPRE À ALIMENTER UN MOIS DE CONVERSATIONS.
ET PUIS...
...HMRMM...
VOUS COMPTEZ LA REVOIR?
OUAIP.
SI JE PARVIENS À DÉJOUER LA VIGILANCE DU CERBÈRE...
17

A-RRRR
RRRRRRR
RRR-WIF!
IL SEMBLERAIT QUE WELLINGTON NE VOUS APPRÉCIÂT GUÈRE.
WIF! WIF! WIF!
JE CRAINS FORT QUE CELA NE SOIT RÉCIPROQUE, LADY LACOMBE.
CATHERINE!
IL Y A LÀ UN GENTLEMAN QUI SOUHAITERAIT PRENDRE DE VOS NOUVELLES.
COMMENT ALLEZ-VOUS, MISS LACOMBE ?
AU PLUS MAL.
ON ME SÉQUESTRE.
POURRIEZ-VOUS ALERTER LES AUTORITÉS ?
IL FAUDRAIT UN BATAILLON POUR VOUS ARRACHER AUX BONS SOINS DE MADAME VOTRE MÈRE.
EN ATTENDANT QUE JE LE RASSEMBLE, PEUT-ÊTRE CECI VOUS AIDERA-T-IL À TROUVER LE TEMPS MOINS LONG.
CES VERS SONT MAGNIFIQUES !
UN TRÈS GRAND POÈTE... TROP MÉCONNU EN OCCIDENT.
MAIS RASSUREZ-VOUS...
J'AI PRIS SOIN D'ARRACHER LES PAGES LICENCIEUSES !
JE NE VOUS IMAGINAIS PAS, JE L'AVOUE, EN AMATEUR DE POÉSIE...
IL M'ARRIVE MÊME DE M'Y ESSAYER... SANS GRAND SUCCÈS, HÉLAS !
TOUTEFOIS, CURIEUSEMENT, DEPUIS QUELQUES JOURS, IL SEMBLERAIT QUE LES MUSES...
A-HEM !
18

ET LE TIGRE?
L'AVEZ-VOUS CHASSÉ, LE TIGRE?
SIR JOHN! MILADY!
QU'Y A-T-IL, DAISY?
UN BOUQUET, SIR! POUR MISS CATHERINE!
UN SIMPLE "F"... SANS PLUS D'INDICATIONS... QUI A BIEN PU LUI ENVOYER CES ROSES?
VOYONS, MON AMI! VOUS NE DEVINEZ PAS?
QUELLE DÉLICATE ATTENTION! UN ÊTRE EXQUIS EN TOUT POINT, CE LORD FAURESTON...
AU REVOIR, MISTER DRAKE.
19

Diary,
...Curiouser
ser...I can't
ing
Cher Journal,
C'est curieux... De mieux en mieux curieux...
Je ne me souviens plus de rien.
Voyons... Il y avait une princesse, enfin, un genre de princesse, qui allait au bal...
Il y avait de la musique...
des lumières...
des sensations...
des regards...
Quelle sensation ?
20

NOUS SOMMES FIERS DE VOUS, MON ENFANT. ALLEZ JOUER, MAINTENANT.
J'IGNORAIS QU'ELLE EUT UN NEVEU.
UNE TRAGÉDIE DE PLUS POUR LA PAUVRE LADY CAVERSHAM : LA SOEUR ET LE BEAU-FRÈRE, DIPLOMATE SUR LE CONTINENT, DISPARAISSENT DANS UN INCENDIE... LADY CAVERSHAM RECUEILLE LE JEUNE LORD...
ELLE EST SA SEULE FAMILLE...
...IL EST SON UNIQUE HÉRITIER.
BEAU PARTI !
...MAIS UNE VALSE N'ENGAGE À RIEN...
CERTES, MAIS DEPUIS CE BAL, CATHERINE REÇOIT QUOTIDIENNEMENT DE SOMPTUEUX BOUQUETS DE ROSES...
...SIGNÉS D'UN "F".
LADY CAVERSHAM !
CE N'EST RIEN, DOCTEUR BARTLETT... UN SIMPLE ÉTOURDISSEMENT...
VOTRE ÉTAT ME PRÉOCCUPE, MILADY ! À CHACUNE DE NOS RENCONTRES, JE VOUS DÉCOUVRE UN PEU PLUS PÂLE !
M' AUTORISEREZ-VOUS ENFIN À VOUS EXAMINER ?
CE N'EST RIEN, VOUS DIS-JE. UN PEU DE FATIGUE, VOILÀ TOUT.
J'AI DE FORT MAUVAISES NUITS.
21

UN WHISKY HORS D'ÂGE... D'EXCELLENTS CIGARES...
DÉCIDÉMENT...
VOTRE CLUB EST DES PLUS FRÉQUENTABLES!
ET DONC, SI JE COMPTE BIEN, IL NE VOUS RESTAIT PLUS QUE TROIS CARTOUCHES...
PAS UNE DE PLUS.
OR QUAND JE PARVINS SUR LA BERGE, JE DÉCOUVRIS UNE AUTRE SÉRIE D'EMPREINTES. PLUS LARGES, PLUS PROFONDES...
IL Y AVAIT DEUX MANGEURS D'HOMMES!
M'OBSTINER AURAIT RELEVÉ DU SUICIDE. JE DÉCIDAI DE REBROUSSER CHEMIN.
C'EST ALORS QUE JE L'ENTENDIS.
LE TIGRE?
LE SILENCE.
UN SILENCE ÉPAIS, PALPABLE, UN SILENCE DE SÉPULCRE. LA JUNGLE S'ÉTAIT TUE, GLACÉE D'EFFROI.
J'ARMAI MON FUSIL...
DOUCEMENT...
SOUDAIN...
TOUS À TERRE!
PROSTERNEZ-VOUS!
AVÉ, PEUPLE!
22

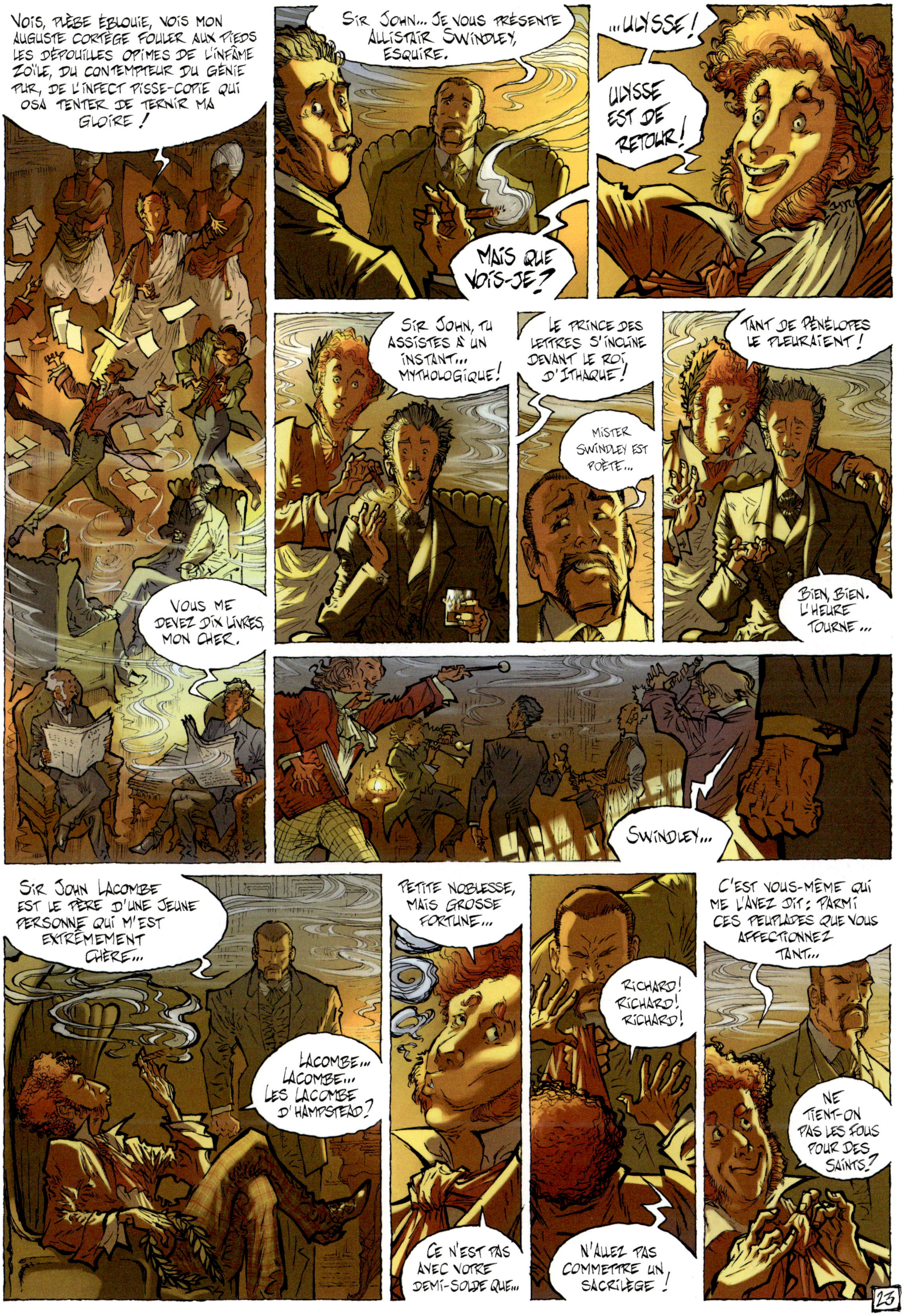
VOIS, PLÈBE ÉBLOUIE, VOIS MON AUGUSTE CORTÈGE FOULER AUX PIEDS LES DÉPOUILLES OPIMES DE L'INFÂME ZOÏLE, DU CONTEMPTEUR DU GÉNIE PUR, DE L'INFECT PISSE-COPIE QUI OSA TENTER DE TERNIR MA GLOIRE !
VOUS ME DEVEZ DIX LIVRES, MON CHER.
SIR JOHN... JE VOUS PRÉSENTE ALLISTAIR SWINDLEY, ESQUIRE.
MAIS QUE VOIS-JE ?
...ULYSSE !
ULYSSE EST DE RETOUR !
SIR JOHN, TU ASSISTES À UN INSTANT... MYTHOLOGIQUE !
LE PRINCE DES LETTRES S'INCLINE DEVANT LE ROI D'ITHAQUE !
MISTER SWINDLEY EST POÈTE...
TANT DE PÉNÉLOPES LE PLEURAIENT !
BIEN, BIEN. L'HEURE TOURNE...
SWINDLEY...
SIR JOHN LACOMBE EST LE PÈRE D'UNE JEUNE PERSONNE QUI M'EST EXTRÊMEMENT CHÈRE...
LACOMBE... LACOMBE... LES LACOMBE D'HAMPSTEAD ?
PETITE NOBLESSE, MAIS GROSSE FORTUNE...
CE N'EST PAS AVEC VOTRE DEMI-SOLDE QUE...
RICHARD ! RICHARD ! RICHARD !
N'ALLEZ PAS COMMETTRE UN SACRILÈGE !
C'EST VOUS-MÊME QUI ME L'AVEZ DIT : PARMI CES PEUPLADES QUE VOUS AFFECTIONNEZ TANT...
NE TIENT-ON PAS LES FOUS POUR DES SAINTS ?
23

AHRR!
TING
TING
TING
ZING
LÀ.
CLAP
CLAP
CLAP
FRANÇAIS ET PRUSSIENS N'ONT QU'À BIEN SE TENIR...
L'EMPIRE PRODUIT ENCORE DES GUERRIERS.
À VOUS ET À VOS AMIS DU FOREIGN OFFICE DE FAIRE EN SORTE QUE CES JEUNES GENS N'AIENT PAS À METTRE EN PRATIQUE MON ENSEIGNEMENT.
NOUS NOUS Y EFFORÇONS.
JE VOUS SAIS TOUTEFOIS GRÉ DE CONTRIBUER À NOUS FOURNIR CET ULTIME ARGUMENT.
QUELQUES PASSES D'ARMES, DINSDALE? COMME AU BON VIEUX TEMPS?...
OXFORD EST LOIN.
VOICI LONGTEMPS QUE J'AI DÛ DÉLAISSER L'ESCRIME AU PROFIT DU JEU D'ÉCHECS.
ET SUR VOTRE ÉCHIQUIER... AVEZ-VOUS PU POUSSER QUELQUES PIONS EN MA FAVEUR?
DÉSOLÉ, RICHARD.
VOUS ÊTES MAT.
24

LA COMPAGNIE DES INDES ORIENTALES, LA SOCIÉTÉ ROYALE DE GÉOGRAPHIE ...
BOYS
GIRLS
DÉCIDÉMENT ! STANFORD A LE BRAS LONG !...
FREEDOM
ET MOI, LA GUEULE TROP GRANDE !
VOUS RÉUSSIREZ, MISTER DRAKE ! VOUS RASSEMBLEREZ CES FONDS ! VOUS REPARTIREZ, J'EN SUIS CONVAINCUE !
MERCI, MISS BILLINGTON...
C'EST MOI QUI VOUS REMERCIE : NOS DONATRICES PERDAIENT DE LEUR FLAMME... VOTRE INTERVENTION LEUR A REDONNÉ UN COUP DE FOUET !
UN COUP DE FOUET ?
MON DIEU ! JE NE DEVRAIS PAS RIRE !...
JE SUIS SURPRIS DE VOIR DES FEMMES S'ENGAGER À CE POINT DANS LA LUTTE CONTRE L'ESCLAVAGE ...
C'EST UN SUJET QUE NOUS CONNAISSONS BIEN !
VOUS N'AVEZ POURTANT PAS L'AIR TRÈS OPPRIMÉE, MISS BILLINGTON !...
DÉTROMPEZ-VOUS.
J'ÉTOUFFE.
VOUS ÊTES BIEN LA SEULE !
AUSSI, TOUT À L'HEURE, SUR LA TRIBUNE, LORSQUE VOUS ÉVOQUIEZ LES CARAVANES DISPARAISSANT DANS LE COUCHANT... LE DÉSERT, LA MER ROUGE, ZANZIBAR...
ZANZIBAR...
VOULEZ-VOUS ENCORE UN PEU DE TARTE ? MRS GRAVENPOTTY EN A CONFECTIONNÉ PLUS DE CINQUANTE POUR...
ELISABETH...
ELISABETH, J'AI QUELQUE CHOSE À VOUS DEMANDER...
25

UN BOUQUET CHAQUE JOUR !
AGRÉMENTÉ DE VOTRE PETIT "F" !
VOUS ALLIEZ À LA MUFLERIE LA PLUS ABJECTE UN PATHÉTIQUE MANQUE D'IMAGINATION !
ALLEZ-VOUS LUI PROMETTRE, À ELLE AUSSI, CE QUE VOUS M'AVIEZ PROMIS ?
DES ROSES !...
26

PEU M'IMPORTENT LES CRÉATURES DONT VOUS FAITES VOTRE ORDINAIRE !...
MAIS VOTRE PROMESSE...
CE N'EST QUE POUR MOI, N'EST-CE PAS ?
VOUS ET MOI, TOUS DEUX, ENSEMBLE, POUR TOUJOURS, ET JAMAIS VIEILLIR, JAMAIS LA MORT, TOUJOURS !
INVITATION
INVITATION
CE DON, CETTE GRÂCE, QUAND ME L'OFFRIREZ-VOUS ENFIN ?
MOI, JE VOUS AI OFFERT UN NOM, UN TITRE, LA FORTUNE, UNE PLACE DANS LA BONNE SOCIÉTÉ...
JE SUIS PRÊTE À TOUT VOUS DONNER, SANS COMPTER !...
TOUT !...
VOUS ÊTES TOUT POUR MOI !
MAIS MOI, BEL AMI ?...
... QUE SUIS-JE POUR VOUS ?
27

ELISABETH !...
... OÙ EST DONC PASSÉE CATHERINE ? JE NE VOUDRAIS PAS QU'ELLE S'ATTARDÂT TROP AU SOLEIL !
VENEZ, MA TANTE, ALLONS JETER UN OEIL À CES ORCHIDÉES DONT MRS HUNTER FAIT SI GRAND CAS...
WELLINGTON !
MPO NA NINÍ BATO...
BABANGAKA
NKOSÍ ?
VOS PIROGUIERS... PORTAIENT-ILS EUX AUSSI UN CHAPEAU RIDICULE ?
ATTENTION !
UN CROCODILE !
OOUUUPS !
OUPS.
NON !
NON...
NON.
28

ET VOUS L'AVEZ RACCOMPAGNÉE ?
OUI.
SANS PLUS INSISTER ?
NON.
VOILÀ QUI NE VOUS RESSEMBLE GUÈRE !
D'ORDINAIRE, VOUS...
MISS LACOMBE N'EST PAS UNE FEMME ORDINAIRE.
SEIGNEUR ! IL EST PERDU !
VOUS NE COMPTEZ TOUT DE MÊME PAS LA DEMANDER EN MARIAGE ?
ALORS MÊME QUE VOUS NE SONGEZ QU'À REPARTIR !...
OUI MAIS... AH ! ET PUIS AU DIABLE ! CETTE EXPÉDITION SERA LA DERNIÈRE !
J'AI TROP USÉ MES GUÊTRES SUR TOUS LES ÉPINEUX DE LA CRÉATION !
ET PUIS... LES PRÉPARATIFS PRENDRONT AU MOINS... UN AN...
DEUX, PEUT-ÊTRE...
CELA NOUS LAISSE DU TEMPS !...
REMARQUEZ, JE ME TROUVE DANS UNE SITUATION ASSEZ SIMILAIRE... FIGUREZ-VOUS QUE PÈRE A DÉCIDÉ DE ME CONFIER LA DIRECTION DE SA SUCCURSALE DE LEEDS...
OR LE MOMENT EST FORT MAL VENU POUR UN DÉMÉNAGEMENT, CAR... HÉ ! HÉ ! EH OUI, DICK ! JE VOUS L'ANNONCE SANS AMBAGES ET DE BUT EN BLANC : ABIGAÏL EST ENCEINTE !
SI TANT EST QUE JE PARTE !
JE SAIS CE QUI ME RESTE À FAIRE :
CE QUE N'IMPORTE QUI FERAIT À MA PLACE !...
JE VAIS ALLER TROUVER MON BANQUIER.
CROYEZ-VOUS QUE LES CLIENTS DE VOTRE BANQUE AIENT COUTUME DE CONTRACTER UN EMPRUNT POUR ALLER SE PERDRE DANS LA JUNGLE ?
NON, DICK...
... VOUS N'ÊTES PAS « N'IMPORTE QUI ».
29

RACONTE!
RACONTER QUOI ?
NOUS NOUS SOMMES DIT AU REVOIR, PUIS J'AI REJOINT MÈRE ET BETTY. C'EST TOUT.
QUEL IDIOT!
C'EST UN GENTLEMAN!
TON GENTLEMAN, EN ORIENT...
ON SAIT BIEN CE QUE VALENT LES FILLES DE CES PAYS-LÀ...
OUI, IL CONNAÎT LA VIE... ET ALORS?
CE N'EST PAS UN BLANC-BEC... COMME SIR NEVILLE.
SIR NEVILLE N'EST PAS UN BLANC-BEC!
CE DRAKE... CE N'EST QU'UNE BRUTE.
« Ô LÈVRES DE L'AIMÉE! LEURS RUBIS EMPRISONNENT DES FLEURS DE JASMIN, QUE NACRE LA ROSÉE DU PRINTEMPS. »
IL T'ÉCRIT DES POÈMES!?
ES-TU BIEN SÛRE QU'ILS SOIENT DE LUI?
ET TOUTES CES ROSES?...
C'EST LUI, AUSSI?
GARCES!
C'EST MARRANT...
VOUS EN PARLEZ JAMAIS, DE L'AUTRE...
30

L'AUTRE...
EXISTE-T-IL VRAIMENT ?
IL PASSE COMME UNE OMBRE DANS MES NUITS ; IL EST UN ROI CRUEL AU PAYS DES SONGES, QUI ME DIT « VIENS, MA REINE » ET M'INVITE À VALSER...
ET TOURNENT, TOURNENT LES LUMIÈRES DU BAL...
ELLES DEVIENNENT DES ÉTOILES ...
TOMBE...
ET JE TOMBE...
... JUSQUE DANS LES CIEUX !
IL S'EST PASSÉ QUOI, AU JUSTE, CE SOIR-LÀ ?
VOUS AVEZ QUAND MÊME PAS...
QUE VAS-TU T'IMAGINER, PETITE SOTTE ?
IL ALLAIT M'EMBRASSER...
ET PUIS...
IL S'EST ÉVANOUI.
C'EST PAS VOUS QUI VOUS ÊTES ÉVANOUIE ?
SI. AUSSI. JE NE SAIS PLUS...
MOI, SI J'AVAIS UN GALANT BEAU COMME ÇA, CHIC COMME ÇA, ET QUI ME FAISAIT LIVRER TOUTES CES FLEURS...
POURQUOI VOUS CHERCHEZ PAS À LE REVOIR ?
JE NE SAIS PAS.
IL ME FAIT PEUR.
« MOUSTACHU » AUSSI, IL VOUS FAIT PEUR, VOUS M'AVEZ DIT...
OUI...
MAIS LUI...
J'AIME BIEN COMME IL ME FAIT PEUR.
31

N'Y... N'Y VOYEZ RIEN DE PERSONNEL, MISTER DRAKE...
MAIS COMPRENEZ-MOI : VOS GARANTIES SONT INSUFFISANTES ET... LES RISQUES... C'EST TRÈS RISQUÉ D'ALLER... COMMENT DIRAIS-JE...
CHEZ LES SAUVAGES !
SI NOUS ÉTIONS CHEZ LES « SAUVAGES », MISTER PADDINGTON ...
VOTRE TÊTE ORNERAIT L'ENTRÉE DE MA HUTTE !
SCRITCH SCRITCH SCRITCH
SCRITCH SCRITCH
SCRITCH SCRITCH SCRITCH
SCRITCH SCRITCH
CHASSEUR DE VAMPIRES !...
J'T'EN FOUTRAI !...
32

BONNE NUIT, LADY CAVERSHAM.
BONNE NUIT, MRS MURRAY.
33

Je me souviens de la premiere fois.
Je venais de perdre des êtres chers. Les derniers. Ma sœur Emily ; Georges, son époux ; Andrew, leur fils, dévorés par les flammes...
Déjà, j'avais vu mourir mes rires au chevet d'un mari trop âgé.
Que me restait-il, sinon des pleurs, des rides, la promesse d'une amère décrépitude,
d'une lente agonie ?
Veuve, seule, vieille.
J'appelais la mort de mes vœux.
C'est alors que vous m'êtes apparu,
mon bel ami,
vous qui alliez m'offrir
DOCTEUR BARTLETT...
LES MÉDICAMENTS, ELLE LES METTAIT DANS LE TIROIR DU HAUT...
la vie.
34

LEVER DE RIDEAU !...
LA NUIT, LE PARC, DES ÉTOILES, DES FÉES... CE SERA FOLLEMENT ROMANTIQUE !
TU VAS LUI FAIRE MAL !
JE LUI DIS QUOI ?
RIEN. SILENCE PRÉCAUTIONNEUX, REGARDS OBLIQUES, MINE DE CONSPIRATRICE.
VA, NOBLE DAISY, VA !
ENTRACTE : DISPARITION DE L'HÉROÏNE ! SCÈNE FINALE : RETOUR DISCRET ASSIS BIEN SAGE.
À MOINS QU'IL NE DÉCIDE DE M'ENLEVER ?
JE VERSERAI DU LAUDANUM DANS LEUR THÉ.
CATHERINE !? TU N'IRAIS PAS JUSQU'À DE TELLES EXTRÉMITÉS !
ET TES PARENTS ?
À QUOI BON ? ILS RONFLERONT QUOI QU'IL ADVIENNE, AVANT LA FIN DE LA SCÈNE DEUX ! POUR EUX, TOUT SHAKESPEARE SE RÉSUME EN TROIS ACTES :
S'ASSEOIR, PARTIR, ÊTRE VUS.
AH ! BETTY, CHÈRE BETTY !... TU NE MESURES PAS TA CHANCE : TOI, TU VIS SEULE, LIBRE !...
... TU AS MÊME UN MÉTIER !
VALLEY of DARKNESS
ÉCOUTEZ-MOI BIEN, MISS DAISY...
VOICI CE QUE VOUS ALLEZ TRANSMETTRE À VOTRE MAÎTRESSE...
MOT POUR MOT.
« JE VOUS RETROUVERAI, REINE DES FÉES, AU COEUR DE LA FORÊT...
... AU BEAU MILIEU DU SONGE. »
35

VOUS POURRIEZ FAIRE UN EFFORT, MA FILLE...
JE LA CONNAISSAIS À PEINE.
LÀ N'EST PAS LA QUESTION. IL NE S'AGIT PAS DE RESSENTIR...
...MAIS D'EXPRIMER.
THE RT HON.
COUNTESS CAVERSHAM
36

Docteur Bartlett ?
Lui-même. À qui ai-je l'honneur ?
Hélas ! Je conçois que le deuil qui vous accable vous conduise à observer un temps une austère retraite...
Mais lorsque vous referez votre entrée dans le monde...
... nous serions très honorés, mon épouse, ma fille et moi, de vous inviter à dîner.
Je viendrai.
Voilà qui est fait !
Sait-on précisément à combien s'élevait sa fortune ?
Voyons, très chère !...
Pauvre Lady Caversham !...
... au moins, elle ne souffre plus.
37

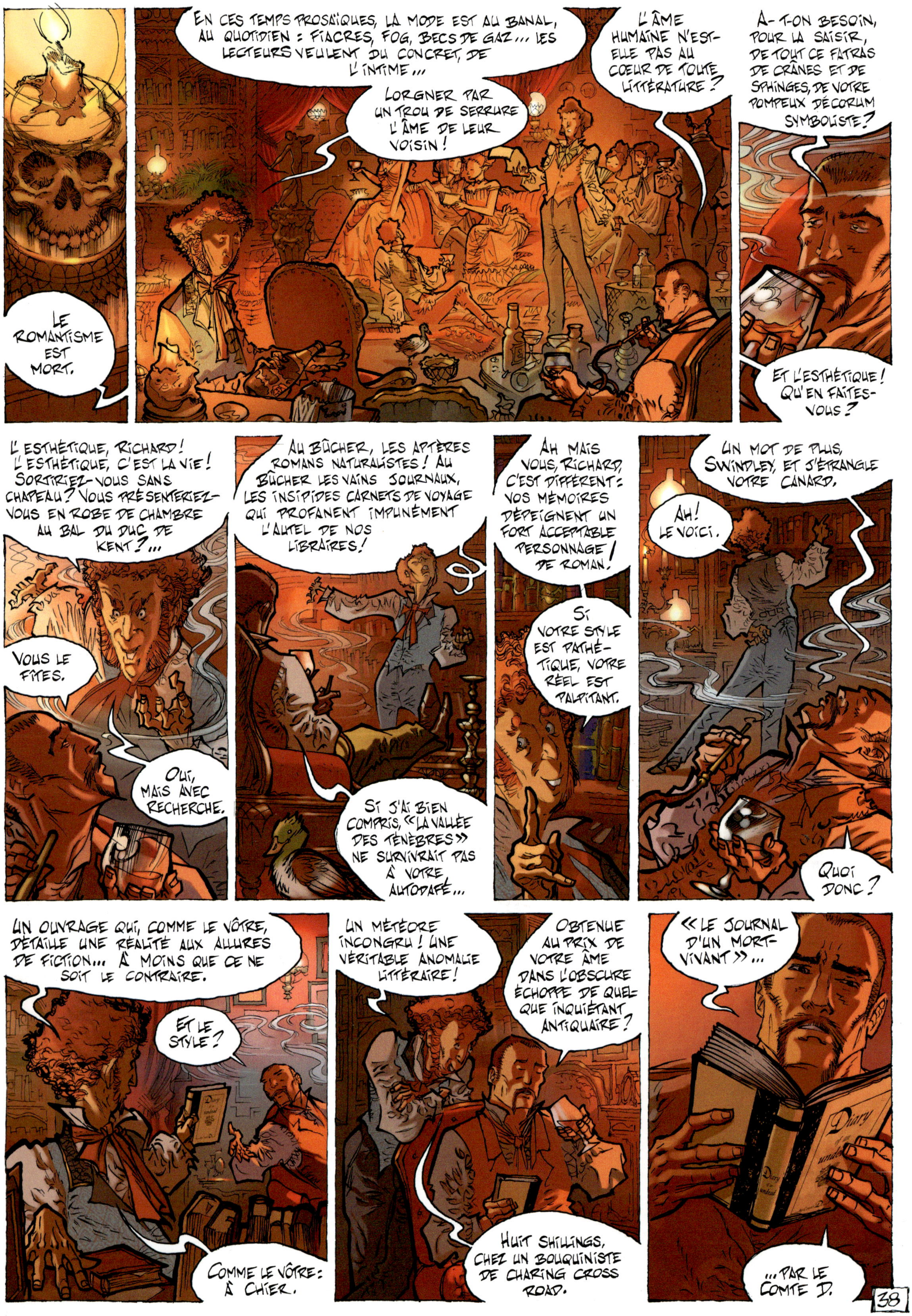
LE ROMANTISME EST MORT.
EN CES TEMPS PROSAÏQUES, LA MODE EST AU BANAL, AU QUOTIDIEN : FIACRES, FOG, BECS DE GAZ... LES LECTEURS VEULENT DU CONCRET, DE L'INTIME...
LORGNER PAR UN TROU DE SERRURE L'ÂME DE LEUR VOISIN !
L'ÂME HUMAINE N'EST-ELLE PAS AU COEUR DE TOUTE LITTÉRATURE ?
A-T-ON BESOIN, POUR LA SAISIR, DE TOUT CE FATRAS DE CRÂNES ET DE SPHINGES, DE VOTRE POMPEUX DÉCORUM SYMBOLISTE ?
ET L'ESTHÉTIQUE ! QU'EN FAITES-VOUS ?
L'ESTHÉTIQUE, RICHARD ! L'ESTHÉTIQUE, C'EST LA VIE ! SORTIRIEZ-VOUS SANS CHAPEAU ? VOUS PRÉSENTERIEZ-VOUS EN ROBE DE CHAMBRE AU BAL DU DUC DE KENT ?...
VOUS LE FÎTES.
OUI, MAIS AVEC RECHERCHE.
AU BÛCHER, LES APTÈRES ROMANS NATURALISTES ! AU BÛCHER LES VAINS JOURNAUX, LES INSIPIDES CARNETS DE VOYAGE QUI PROFANENT IMPUNÉMENT L'AUTEL DE NOS LIBRAIRES !
SI J'AI BIEN COMPRIS, « LA VALLÉE DES TÉNÈBRES » NE SURVIVRAIT PAS À VOTRE AUTODAFÉ...
AH MAIS VOUS, RICHARD, C'EST DIFFÉRENT : VOS MÉMOIRES DÉPEIGNENT UN FORT ACCEPTABLE PERSONNAGE DE ROMAN !
SI VOTRE STYLE EST PATHÉTIQUE, VOTRE RÉEL EST PALPITANT.
UN MOT DE PLUS, SWINDLEY, ET J'ÉTRANGLE VOTRE CANARD.
AH ! LE VOICI.
QUOI DONC ?
UN OUVRAGE QUI, COMME LE VÔTRE, DÉTAILLE UNE RÉALITÉ AUX ALLURES DE FICTION... À MOINS QUE CE NE SOIT LE CONTRAIRE.
ET LE STYLE ?
COMME LE VÔTRE : À CHIER.
UN MÉTÉORE INCONGRU ! UNE VÉRITABLE ANOMALIE LITTÉRAIRE !
OBTENUE AU PRIX DE VOTRE ÂME DANS L'OBSCURE ÉCHOPPE DE QUELQUE INQUIÉTANT ANTIQUAIRE ?
HUIT SHILLINGS, CHEZ UN BOUQUINISTE DE CHARING CROSS ROAD.
« LE JOURNAL D'UN MORT-VIVANT »...
...PAR LE COMTE D.
38

VOUS AVEZ BESOIN D'AUTRE CHOSE ?
NON.
SI...
S'IL TE PLAÎT, DAISY...
RALLUME LES LUMIÈRES...
39

RÉVEILLEZ-VOUS!
MH?
VOTRE FILLE N'A TOUJOURS PAS REPARU.
OÙ PEUT-ELLE BIEN ÊTRE?
...AUX PREMIÈRES LOGES!
JE NE SUIS PAS SUJETTE AU VERTIGE, MISTER DRAKE!
...VOUS POUVEZ LÂCHER MON BRAS.
NON.
QUE FAITES-VOUS!? ÔTEZ VOTRE MAIN!
NON.
AIDEZ-MOI À REDESCENDRE!
NON.
40

41

Cher journal,
j'ai encore fait ce rêve étrange, angoissant et sensuel...
Et cette rose, bien réelle? Qui l'a laissée là? Le roi cruel du pays des songes? Ou bien est-ce moi, moi qui m'égare dans mes rêveries? J'ai peur.
Il y a ce recoin si sombre en moi, où murmurent de mauvaises voix...
Mais il y a de la lumière, aussi.
Il y a Richard.
Il y a
la vie!
42

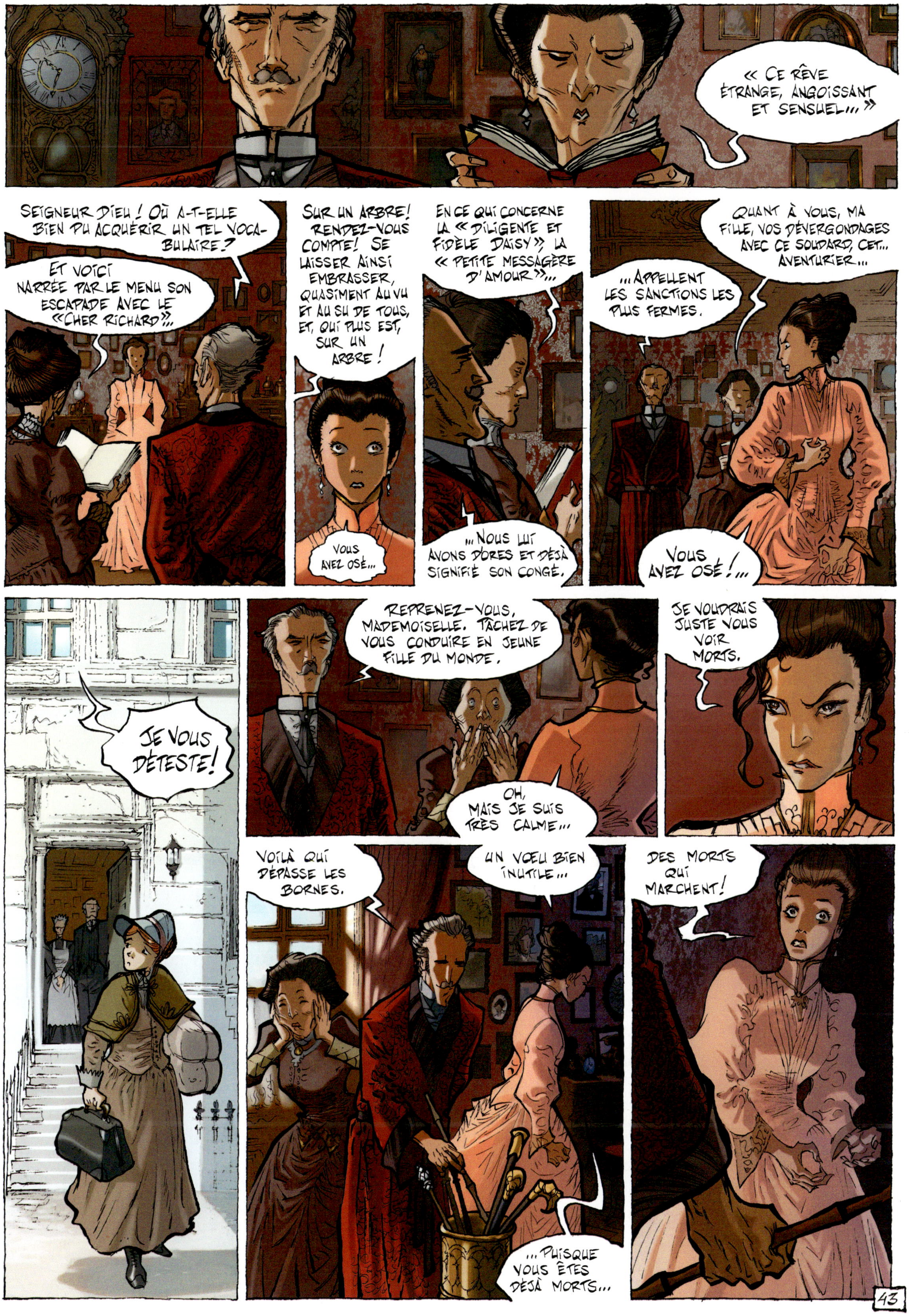
« CE RÊVE ÉTRANGE, ANGOISSANT ET SENSUEL... »
SEIGNEUR DIEU ! OÙ A-T-ELLE BIEN PU ACQUÉRIR UN TEL VOCABULAIRE ?
ET VOICI NARRÉE PAR LE MENU SON ESCAPADE AVEC LE « CHER RICHARD »...
SUR UN ARBRE ! RENDEZ-VOUS COMPTE ! SE LAISSER AINSI EMBRASSER, QUASIMENT AU VU ET AU SU DE TOUS, ET, QUI PLUS EST, SUR UN ARBRE !
VOUS AVEZ OSÉ...
EN CE QUI CONCERNE LA « DILIGENTE ET FIDÈLE DAISY » LA « PETITE MESSAGÈRE D'AMOUR »...
...NOUS LUI AVONS D'ORES ET DÉJÀ SIGNIFIÉ SON CONGÉ.
QUANT À VOUS, MA FILLE, VOS DÉVERGONDAGES AVEC CE SOUDARD, CET... AVENTURIER...
...APPELLENT LES SANCTIONS LES PLUS FERMES.
VOUS AVEZ OSÉ !...
JE VOUS DÉTESTE !
REPRENEZ-VOUS, MADEMOISELLE. TÂCHEZ DE VOUS CONDUIRE EN JEUNE FILLE DU MONDE.
OH, MAIS JE SUIS TRÈS CALME...
JE VOUDRAIS JUSTE VOUS VOIR MORTS.
VOILÀ QUI DÉPASSE LES BORNES.
UN VOEU BIEN INUTILE...
...PUISQUE VOUS ÊTES DÉJÀ MORTS...
DES MORTS QUI MARCHENT !
43

Ce jour-là, je me suis levé de bonne heure.
Il faisait un peu frais.
J'allais faire la guerre...
... à l'armée du sultan.
44

Elle était composée d'approximative-ment cinquante-cinq mille fantassins,
vingt-cinq mille cavaliers -approximativement aussi.
Sans compter les irréguliers, le train de l'équipage, les serviteurs, les es-claves, et les familles des officiers.
Ils étaient beaucoup plus nombreux que nous.
Alors j'ai disposé onze mille quatre cent trente-trois archers dans la forêt.
Puis j'ai rassemblé douze mille huit cent vingt-sept cavaliers dans un endroit où ils ne pouvaient pas nous attaquer tous de front.
Quand ils ont été suffisamment près...
j'ai dit:
45

chargez!
QUE LISEZ-VOUS ?
UN... BOUQUIN... QUE M'A PRÊTÉ SWINDLEY.
DONNEZ VOIR ...
CHAPITRE UN :
« LE JOUR OÙ JE SUIS DEVENU UN VAMPIRE. »
ALORS ÇA, C'EST AMUSANT ! UN VAMPIRE !... COMME CEUX QUE PRÉTENDAIT CHASSER CE TYPE, LÀ... L'ILLUMINÉ... LE SCRIBE FOU !...
MON VIEUX MONTY, JE VAIS DEVOIR Y ALLER.
UN RENDEZ-VOUS ?
OUAIP.
GALANT ?
OUAIP.
AVEC LA JOLIE MISS ?
SA CAMÉRISTE.
ELLE NOUS SERT D'AGENT DE LIAISON.
SUIS-MOI, BETTY !
TU VAS ADORER CES EXQUISES PORCELAINES QUE MÈRE VIENT D'ACQUÉRIR !
MAIS ENFIN, CATHERINE ! M'EXPLIQUERAS-TU CE QUI SE PASSE ?
BETTY, TU ES MON SEUL ESPOIR !
46

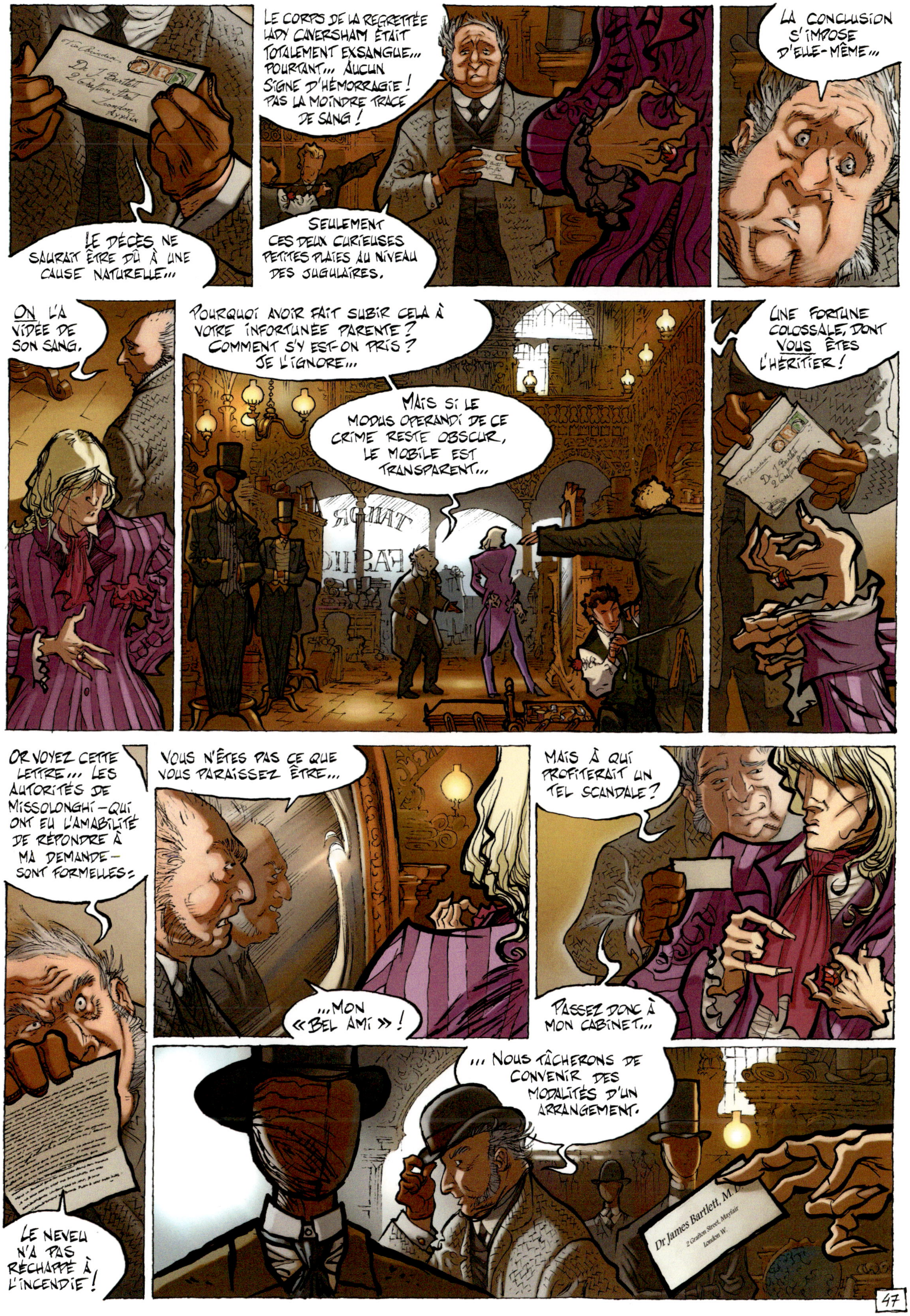
Le décès ne saurait être dû à une cause naturelle...
Le corps de la regrettée Lady Caversham était totalement exsangue... Pourtant... aucun signe d'hémorragie ! Pas la moindre trace de sang !
Seulement ces deux curieuses petites plaies au niveau des jugulaires.
La conclusion s'impose d'elle-même...
On l'a vidée de son sang.
Pourquoi avoir fait subir cela à votre infortunée parente ? Comment s'y est-on pris ? Je l'ignore...
Mais si le modus operandi de ce crime reste obscur, le mobile est transparent...
Une fortune colossale, dont vous êtes l'héritier !
Or voyez cette lettre... Les autorités de Missolonghi - qui ont eu l'amabilité de répondre à ma demande - sont formelles :
Le neveu n'a pas réchappé à l'incendie !
Vous n'êtes pas ce que vous paraissez être...
...Mon « Bel ami » !
Mais à qui profiterait un tel scandale ?
Passez donc à mon cabinet...
... Nous tâcherons de convenir des modalités d'un arrangement.
Dr James Bartlett, M.D.
2 Grafton Street, Mayfair
London W.
47

BONSOIR, MISS BILLINGTON.
OÙ EST DAISY ?
EST-CE CATHERINE QUI VOUS ENVOIE ?
VOUS A-T-ELLE CONFIÉ QUELQUE CHOSE POUR MOI ? UNE LETTRE ? UN MOT ?
JE CROIS...
... JE CROIS QUE QUELQU'UN ME SUIT !
48

MISTER JONES!?!
VOUS CONNAISSEZ CET HOMME?
JE VOIS...
AINSI, VOUS DÉLAISSEZ LES VAMPIRES... POUR CHASSER LA DEMOISELLE!
CE... CE N'EST PAS DU TOUT CE QUE VOUS CROYEZ...
SUIVIEZ-VOUS OUI OU NON MISS BILLINGTON ICI PRÉSENTE?
OUI, MAIS...
L'AFFAIRE EST ENTENDUE! CETTE FOIS, JE VOUS LIVRE À LA POLICE.
JE NE PRÉFÉRERAIS PAS.
VOICI JUSTEMENT UN AGENT!
S'IL VOUS PLAÎT, ÉCOUTEZ-MOI! CETTE MISS SORTAIT DE CHEZ LES LACOMBE... AVEC LE FOG, J'AI CRU QUE C'ÉTAIT MISS LACOMBE...
ALORS JE L'AI SUIVIE.
SI VOUS APPROCHEZ À NOUVEAU DE MISS LACOMBE...!
MAIS ALORS... QUI VA LA PROTÉGER?
SI ON NE FAIT RIEN, CETTE NUIT ENCORE...
...LORD FAURESTON VA ENTRER DANS SA CHAMBRE.
PLAÎT-IL?!
BONSOIR CONSTABLE!
BONSOIR MILADY, BONSOIR GENTLEMEN.
MISTER JONES, JE VOUS LAISSE TROIS MINUTES POUR ÉTAYER VOS ÉLUCUBRATIONS.
49

Elle est partie !
Vous pouvez réapparaître.
Allons, venez, Mister Wellington !
J'ai une confidence à vous faire...
J'ai un petit peu peur du noir !
Normalement je n'ai pas accès à cette partie de la banque...
... mais comme je reste tard et que mon chef de service était pressé de partir, il m'a dit Jones je vous fais confiance et il m'a remis la somme pour que je la dépose dans le coffre de Lord Faureston...
Une minute trente.
C'est là que j'ai compris que Lord Faureston est un vampire, et que j'ai commencé à le suivre, parce que dans son coffre fort...
... il y avait...
50

IL Y AVAIT...?
DEUX MINUTES.
UN BIJOU...
UN COLLIER, QUE J'AVAIS DÉJÀ VU, AUTOUR DU COU D'UN... VAMPIRE. LE VAMPIRE QUI A... SOUS MES YEUX...
...QUI A TUÉ...
...MA FEMME.
MISTER JONES... JE CROIS QUE VOUS DEVRIEZ PRENDRE UN PEU DE REPOS...
SI VOUS NE ME CROYEZ PAS, DEMANDEZ AU DOCTEUR.
LE DOCTEUR ?...
LE MÉDECIN DE LADY CAVERSHAM, UNE DAME À QUI LORD FAURESTON RENDAIT SOUVENT VISITE ET QUI EST MORTE MAINTENANT.
J'AI PARLÉ AUX DOMESTIQUES DE CETTE LADY... ILS M'ONT DIT QU'ELLE A ÉTÉ VIDÉE DE SON SANG NORMALEMENT LE DOCTEUR AURAIT DÛ PRÉVENIR LA POLICE FAIRE UNE AUTOPSIE MAIS IL NE L'A PAS FAIT ET QUAND JE LUI AI DEMANDÉ DE QUOI ELLE ÉTAIT MORTE IL M'A RÉPONDU :
« SECRET MÉDICAL. »
MAIS IL SAVAIT QUE C'EST UN VAMPIRE QUI A FAIT LE COUP ET QUE CE VAMPIRE C'EST LORD FAURESTON.
JE SAIS QU'IL SAVAIT.
JE L'AI LU DANS SES YEUX.
OH, JE VOIS BIEN QUE VOUS ME PRENEZ POUR UN DÉSÉQUILIBRÉ...
REMPLACEZ « VAMPIRE » PAR « MANIAQUE » SI VOUS PRÉFÉREZ, MAIS SOYEZ SÛRS QUE MISS LACOMBE EST EN DANGER.
SI SEULEMENT VOUS POUVIEZ ME CROIRE... SI SEULEMENT VOUS VOULIEZ M'AIDER... ENSEMBLE, NOUS POURRIONS LA SAUVER...
AIDEZ-MOI...
S'IL VOUS PLAÎT.
TROIS MINUTES.
51

Les vampires se nourrissent de sang humain...
...Comme ils sont déjà morts, on ne peut pas les tuer, sauf avec un pieu dans le cœur. Ils ont la force de dix hommes...
Et puis ils volent, aussi...
...Enfin, je crois.
En tout cas, quand j'ai suivi Lord Faureston jusque chez Miss Lacombe, il a escaladé la façade, il est entré par la fenêtre...
...Et il est reparti par les toits.
52

COMMENT DIABLE AVEZ-VOUS FAIT POUR NOUS ENTRAÎNER JUSQU'ICI ?...
... EST-CE UNE HEURE POUR IMPORTUNER UN HONNÊTE MÉDECIN ? ET POURQUOI SE MONTRERAIT-IL PLUS LOQUACE QU'IL NE LE FUT AVEC VOUS ?
PARCE QUE VOUS ÊTES DU MÊME MONDE.
ME TROUVERIEZ-VOUS L'AIR BOURGEOIS, MISTER JONES ?
... ET À MISS BILLINGTON CELUI D'UNE FEMME DU MONDE ?
DOCTEUR BARTLETT ?
RÉPONDEZ-MOI, DOCTEUR !
DOCTEUR !
LA PORTE EST FERMÉE DE L'INTÉRIEUR !
ÉCARTEZ-VOUS.
ATTENDEZ !
OÙ AVEZ-VOUS APPRIS ÇA, VOUS ?
AU CONTACT DES BASSES CLASSES.
53

RRRRRRRRRR
RRRRRRRRRRRRRRRRR...
54

LORD FAURESTON ENLÈVE SOUVENT SES CHAUSSURES POUR POUVOIR MIEUX GRIMPER AUX MURS.
ADMETTONS QUE J'ACCEPTE D'ADHÉRER À VOTRE LOGIQUE DE DÉMENT...
POURQUOI UN VAMPIRE AVIDE DE SANG AURAIT-IL GASPILLÉ AINSI LE PRÉCIEUX LIQUIDE ?
IL A TUÉ LE DOCTEUR POUR LE FAIRE TAIRE, PAS POUR SE NOURRIR.
JE VOUS SAIS GRÉ DE NE PAS LEUR AVOIR EXPOSÉ VOS THÉORIES !
VOUS AVEZ VU LES TRACES DE PIEDS ?
IL SE RÉSERVE POUR UNE PROIE PLUS À SON GOÛT...
MAIS IL A SENTI L'ODEUR DU SANG...
IL VA FRAPPER CE SOIR.
55

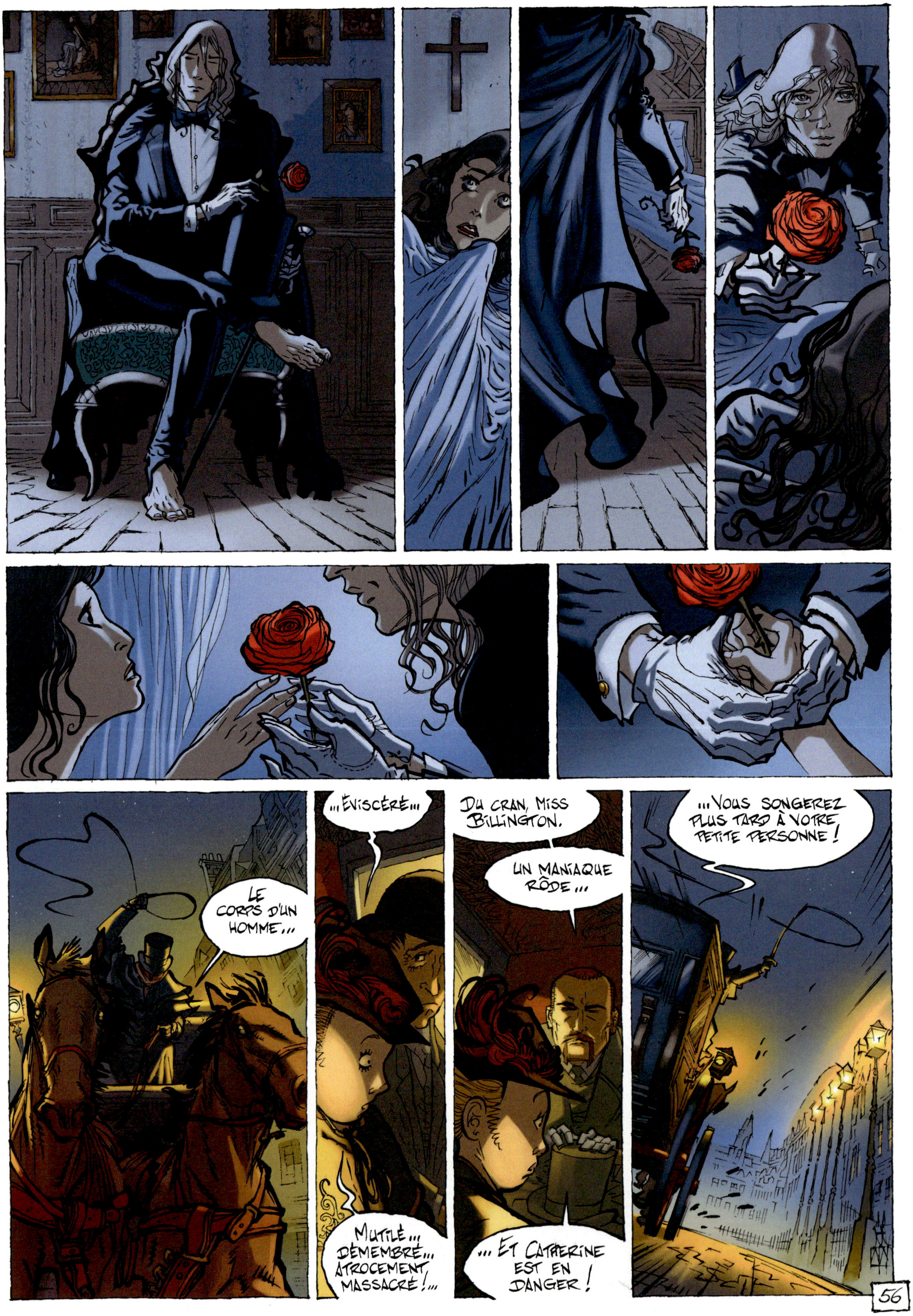
LE CORPS D'UN HOMME...
...ÉVISCÉRÉ...
MUTILÉ... DÉMEMBRÉ... ATROCEMENT MASSACRÉ !...
DU CRAN, MISS BILLINGTON.
UN MANIAQUE RÔDE...
...ET CATHERINE EST EN DANGER !
...VOUS SONGEREZ PLUS TARD À VOTRE PETITE PERSONNE !
56

CATHERINE!
OH MON DIEU! ...
EST-ELLE...?
ELLE RESPIRE!
MISTER DRAKE!
LÀ-HAUT!
LÀ-HAUT!
FILS DE...
58

RICHARD!...

Vous vous êtes fait mal?
Mister Drake! ...
Sacré nom de Dieu de bordel de merde! ...
Vous me croyez maintenant?
60

BETTY...
LE ROI CRUEL...
TU CROIS VRAIMENT QU'IL VOULAIT ME TUER ?
NE SONGE PLUS À TOUT CELA! VEUX-TU QUELQUE CHOSE ? DU THÉ ?
JE VEUX...
... WELLINGTON !
AH!... C'EST QUE... ÇA NE VA PAS ÊTRE POSSIBLE... LE MÉDECIN NE VEUT PAS. C'EST À CAUSE... TU COMPRENDS...
... À CAUSE DE TA BLESSURE !
DIS-MOI LA VÉRITÉ.
JE VAIS MOURIR, N'EST-CE PAS ?
HA! HA! QUELLE SOTTISE!
ENFIN! VOYONS! CATHERINE!
LA LETTRE DE RICHARD...
JE VEUX LA RELIRE.
C'est vrai, il existe dans ce monde des êtres malfaisants, des âmes vouées aux ténèbres.
Mais n'ayez pas peur,
cher ange,
car je vous en fais le serment:
de ces ténèbres,
61

Fin de la première partie.